Voir aussi
microfilm m 1809[illegible]

MOYENS

POUR

ACCOURCIR LES OPÉRATIONS

DE LA

PERSPECTIVE,

Par LAHURE, *Architecte.*

A PARIS,

Chez l'AUTEUR, rue de la Chanverrerie, N°. 11.

1790.

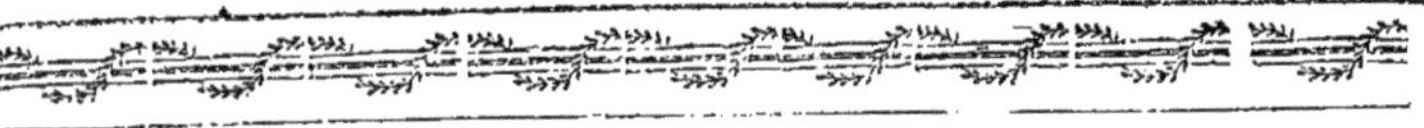

MOYENS

POUR

ACCOURCIR LES OPÉRATIONS

DE LA

PERSPECTIVE.

LA perſpective eſt l'art de repréſenter les objets tels que nous les voyons, & tels qu'il ſeroit poſſible de les deſſiner ou calquer ſur une ſurface tranſparente, placée entre ces objets & celui qui les deſſine.

Cette ſurface tranſparente, s'appelle glace ou tableau, & le point d'où partent les rayons viſuels de celui qui les voit & deſſine les objets, s'appelle point de vue.

Les dimentions ſoit en largeur ou en hauteur du tableau, doivent être au plus, de la diſtance qu'il y a entre lui & le point de vue; & les deux extrêmités de ſa largeur, doivent être également diſtantes de ce point; c'eſt-à-dire, que le tableau doit être à angle droit, avec le rayon viſuel qui paſſe par le milieu de ſa largeur.

Le tableau pourra être placé plus ou moins près du point de vue, comme dans les figures de la premiere planche, ou même être placé derriere les objets à mettre en perſpective comme dans les figures des planches ſuivantes.

Toutes les lignes paralleles de la figure que l'on ſe propoſe de mettre en perſpective, tendent dans cette perſpective à un ſeul point qui s'appelle point de vue accidentel, placé à la hauteur du point de vue déterminé dans la coupe : il y a autant de ces points, qu'il y a dans la figure de lignes non paralleles, & ils ſe trouvent ſur la ligne de tableau ou ſa prolongation, au point où elle eſt coupée par des lignes partant du point de vue, & paralleles à celles de la figure.

Les lignes qui ſont à angle droit avec le tableau, ont d'aprés ce qui vient d'être dit, leur point de vue accidentel au milieu de ce tableau: lorſqu'elles ceſſent d'être à angle droit, le point accidentel s'éloigne du côté où l'angle devient aigu; plus cet angle eſt aigu, plus le point s'éloigne, & enfin, lorſque les lignes ſont paralleles au tableau, il n'exiſte plus de point de vue accidentel & les lignes deviennent paralleles & horiſontales dans la perſpective.

EXPLICATIONS DES PLANCHES.

PLANCHE PREMIERE,

FIGURE PREMIERE.

(*a b c d*) Plan de la figure à mettre en perſpective.

(*e f*) Largeur ou coupe horiſontale du tableau.

(*s*) Point de vue.

(*s c*,) (*s d*,) (*s a* & (*s b*.) Rayons viſuels partant du point de vue, qui donnent aux points où ils coupent le tableau, les largeurs des lignes, (*c d*) & (*a b*), telles qu'elles paroiſſent en perſpective.

(*g h*) Hauteur ou coupe de la figure.

(*i*) Hauteur ou coupe verticale du tableau.

(*u*) Hauteur du point de vue.

(*u g*) & (*u h*) Rayons vîsuels qui donnent sur le tableau la hauteur apparente de la ligne (*g h.*)

(*l m n o*) Elévation du tableau sur lequel est dessiné la figure, telle qu'elle a été donnée par les rayons visuels du plan & de la coupe.

(*p*) Point de vue accidentel, placé à la même hauteur que le point de vue, & où tendent les lignes des côtés de la figure, qui dans le plan sont à angle droit avec le tableau.

FIGURE DEUXIEME.

(*a*) point de vue accidentel du côté (*c b.*).

(*d*) Point de vue accidentel du côté (*b e.*)

FIGURE TROISIEME.

(*f*) Point de vue accidentel de la ligne (*a b*)

(*g*) De celle (*d c.*)

(*h*) De celle (*a e.*)

(*i*) De celle (*b c.*)

(*l*) De celle (*e d.*)

PLANCHE DEUXIEME.

FIGURE PREMIERE.

Cercle en perspective.

(*gg*) Points de vue accidentels des diagonales.

(*h*) Point de vue accidentel des lignes qui sont à angle droit avec le tableau.

Ayant déterminé la hauteur où est placé le centre du cercle & celle des points accidentels ; tirez quatre lignes indéterminées ; savoir une horisontale, une verticale tendant au point accidentel (*h*), & deux diagonales tendant aux points accidentels (*gg*) : toutes les quatre passant par le centre du cercle.

Tracez ensuite les points (*f c*) pris sur le tableau, & des points accidentels (*g g*) tirez des lignes à partir des points (*c*) jusqu'à ce qu'elles coupent la ligne verticale aux points (*e*) & (*a*), & du point accidentel (*h*) tirez des lignes passant par les points (*f*) qui couperont les diagonales aux points (*b*) & (*d*), & vous aurez les huit points (*a b c d e d c b*) par lesquels vous ferez passer une ligne courbe qui représentera le cercle en perspective.

Il est nécessaire de remarquer que la longueur (*o c*) est à celle (*o f*), comme la diagonale est au côté du quarré; ou bien ce qui revient au même, la longueur (*o c*) est à celle (*o f*) comme le côté d'un quarré est à la moitié de sa diagonale : ce qui fait voir qu'on peut trouver le point (*f*) sans le secours du plan, en s'y prenant ainsi ; de la longueur (*o c*) faites le côté d'un quarré & la moitié de sa diagonale sera la longueur (*o f*).

FIGURE DEUXIEME.

Moyen de diviser les faces ou côtés fuyants.

Par exemples pour diviser les colonnes d'un temple qui en auroit quatre sur sa façade & six sur les côtés, n'ayant pris sur le plan que le centre des colonnes des angles : divisez sur la ligne (*a b*), d'une hauteur prise à volonté, six points également distants l'un de l'autre, de ces points tirez des lignes au point de vue accidentel du côté que vous divisez, & ensuite tirez une diagonale de (*a*) en (*d*), les points où elle coupera les lignes de divisions, vous donneront le centre des colonnes : pour la face du temple, vous prendrez seulement quatre de ces points & vous tirerez la diagonale de (*a*) en (*g*).

Si les divisions étoient inégales, l'opération seroit toujours la même : mais seulement leur inégalité seroit déterminée sur la ligne (*a b*).

FIGURE TROISIEME.

Ayant trouvé la division des colonnes, moyen pour trouver celle des modillons.

Sur une hauteur (*a b*) prise à volonté, divisez la quantité de modillons qu'il y a entre chaque colonne; tirez les diagonales (*bc*, *de*) &c., des points marqués fur la ligne (*ab*), tirez des lignes au point de vue accidentel, les points où elles couperont les diagonale vous donneront la divifions des modillons.

FIGURE QUATRIEME.

Moyen pour trouver le milieu.

Des points (*b*) & (*d*) tirez les diagonales (*cb*) & (*da*), & le point où elles fe couperont fera le milieu.

FIGURE CINQUIEME.

On a vu plus haut que les points de vue accidentels des lignes qui font prefque paralleles au tableau, s'éloignent confidérablement: pour éviter de prolonger le tableau; on pourra par exemple, prendre la moitié de la longueur (e v) au point (n), le quart au point (l) & le douzieme au point (m); & les points (i g h) marqués fur le tableau, au lieu d'indiquer la diftance des trois points accidentels, n'indiqueront que les rapports des différentes longueurs (e m), (e l) & (e n) avec celle (e v): c'eft-à-dire le point (i) la moitié de la diftance du point de vue accidentel; le point (g) le quart; & le point (h) le douzieme.

Moyens pour mettre les corniches en perfpective.

Ayant trouvé les lignes perpendiculaires (*a b c*), repréfentant les deux côtés apparens de la figure (a b c d), & la faillie de la corniche prife du point (o); ayant déterminé la hauteur de cette corniche & la hauteur des points de vue accidentels de cette figure, vous marquerez fur la ligne (*b*) les hauteurs des membres du profil & leur faillie dans le rapport du profil géométral; du point accidentel du côté (*a b*), tirez des lignes partant des points indiqués fur la ligne (*b*) qui formeront le profil dont (*o*) eft la principale faillie; marquez-en en même tems les hauteurs fur la ligne (a), & du point accidentel du côté (b c), marquez-les fur la ligne (c).

Du point de vue accidentel de la diagonale (a c), tirez des lignes indéterminées des points indiquant les hauteurs des membres de la corniche, fur les lignes perpendiculaires (a) & (c); faites-en autant du point de vue accidentel de la diagonale (d b) fur la ligne perpendiculaire (b). Ces lignes indéterminées repréfenteront les coupes des angles des corniches indiquées fur le plan, par les lignes (p a) (c s) & (b r), & enfuite des différens points du profil (o), tirez les lignes de la corniche tendant au point accidentel du côté (b c) que vous arrêterez aux points où elles couperont les lignes des deux angles (b r) & (c s) : & des points où elles auront coupé l'angle (b r) tirez-les au point de vue accidentel du côté (b a) jufqu'à ce qu'elles coupent l'angle (a p), & vous aurez mis la corniche en perfpective,

PLANCHE TROISIEME.

Autre exemple d'une corniche en perfpective, où l'on fait l'application de ce qui a été dit plus haut fur la divifion des modillons ou mutuls.

(g) Point de vue du plan.

(h) Point de vue du profil géométral.

(a m c) Profil géométral.

(f) Point de vue accidentel de la diagonale (A b), formant l'angle de la corniche.

(c) Saillie de la corniche.

Ayant placé la ligne perpendiculaire (A), la faillie (c) de la corniche & fa hauteur (a m) qui eft indiquée fur le tableau, par les rayons vifuels du profil; marquez les différentes hauteurs des membres de cette corniche, tirez-en des lignes pour former le profil (a m c) tendant au point de vue accidentel du côté (A E); pour

pour en trouver les faillies, vous tirerez fur le profil géométral la diagonale (m c), & fur le deffin en perfpective une de (m) en (c), & il fera facile de mettre les faillies dans le même rapport en examinant les points ou les les lignes de ces faillies coupent la diagonale.

Tirez du point de vue accidentel (f) les lignes indéterminées de l'angle (a b) de la corniche; enfuite du point accidentel du côté(AD) tirez les lignes de la corniche que vous ferez paffer par les différens points du profil (a m c), en commençant des points où ces lignes couperont celles de l'angle, & enfin du point de vue accidentel du côté (AE) vous continuerez de tracer la corniche des points ou les lignes de l'angle auront été coupées: vous aurez les mutuls ou modillons en maffe; pour les divifer vous vous fervirez du moyen indiqué dans la troifieme figure de la deuxieme planche: fuppofant des mutuls fur le côté (A E), le point (E) eft le devant du quatrieme, divifé comme fur le profil géométral, & fuppofant des modillons fur le côté (A D), le point (D) eft le devant du quatrieme, attendu qu'ils font plus ferrés que les mutuls; vous tirerez de ces deux points (E) & (D) des lignes perpendiculaires.

Le rapport de la largeur des mutuls ou modillons avec la diftance qui eft entr'eux étant le même, vous diviferez les uns & les autres fur la ligne verticale (A) fur une hauteur prise à volonté, en obfervant le rapport des mutuls du profil géométral : du point (A) repréfentant le devant du quatrieme mutul ou modillon, tirez deux lignes tendant aux points accidentels des deux côtés, qui couperont les lignes verticales aux points (E) & (D), de ces points vous tirerez les diagonales (m E) & (m D), enfuite des différens points de divifion marqués fur fur la ligne (A), vous tirerez des lignes aux mêmes points accidentels qui marqueront aux points où elles couperont les diagonales, la divifion des mutuls fur le côté (A E) & celles des modillons fur le côté (A D);

de ces points tirez des lignes perpendiculaires jusqu'au-dessous de la corniche. Du point accidentel du côté (*A D*) tirez des petites lignes telles que celle (*n o*), ensuite des verticales telles que (*o r*) qui couperont les lignes du dessus & du dessous du fond des mutuls aux points (*r*) & (*l*), puis les lignes (*l p*) & (*r s*) qui couperont les lignes du dessus & du dessous du devant des mutuls, & ainsi pour tous les autres mutuls ou modillons de cette corniche.

PLANCHE QUATRIEME

Moyens pour mettre en perspective une galerie voûtée en arrêtes.

(a) Plan de la galerie.

Les rayons partant du point de vue (*b*) ayant donné la largeur de l'entrée & du fond de la galerie ; élevez sur le dessein en perspective des perpendiculaires sur les points (*e f*), déterminez la hauteur du point de vue accidentel, la hauteur du sol de la galerie & celle de la naissance de la voûte ; tirez les lignes, (*e f*) & (*v u*), divisez la galerie en trois parties égales, par le moyen indiqué plus haut & prenez le milieu de ces divisions élevez sur toutes ces divisions des perpendiculaires : du point (*d*) placé sur la ligne milieu & à la hauteur de la naissance de la voûte, tracez le demi-cercle (*vnznv*) avec le rayon (*dv*) du point (*z*), tirez la ligne horisontale (*rzr*) & des points (*r*) les lignes (*ry*) tendant au point de vue accidentel (*c*) : tirez des points (*r*) au point de centre du demi-cercle que l'on vient de tracer, des lignes qui vous donneront aux points (*n*) la moitê des quarts de cercle (*z v*), tirez de (*n*) les lignes horisontales (*n o*) : puis pour avoir la moitié des quarts de cercle fuyants, tirez à leur point de centre (*x*) les lignes (*r x*) : des points (*o*) tirez des lignes tendant au point de vue accidentel jusqu'à ce qu'elles coupent les lignes (*r x*) aux points (*p*), qui feront les moitiés des quarts de cercles fuyants que vous ferez passer par les points (*t p v*) & (*p*) sera le milieu de ce quart de cercle comme (*n*) eſt le milieu de celui de face. Des points (*n*) au point de vue accidentel tirez des lignes indéterminées & des points (*p*) des lignes horisontales, qui couperont les premieres aux points (*m*), ces points sont les moitiés des portions de cercle que vous ferez paſſer par les points (*i m v*) & qui forment la moitié de l'arrête de la voûte. Il ſera facile de continuer la perſpective de cette galerie en ſuivant le même procédé.

PLANCHE CINQUIEME

Moyens pour mettre un temple en perſpective.

Explication des lettres du plan.

(a c) Centre des colonnes des angles de la façade.

(f) Centre du pilaſtre apparent du fond du temple

(b) Saillie de la corniche.

(y) Centre du pié-d'eſtal.

(a z) Hauteur des colonnes. (Cette hauteur doit toujours être tracée parallelement à la ligne de tableau).

(v) Point de vue.

(r) Milieu de la largeur du tableau:

(r i) Douzieme partie de la diſtance qu'il y a du point de vue au point (r)

(r h) Quart de la même diſtance.

Explicaticon des lettres de la ligne de tableau.

(g) Poſition apparente du centre de la colonne (a)

(t) De celle (c).

(p) Du pilaſtre (f).

(x) De la ſaillie de la corniche (b).

(s) Du pied-d'eſtal (y).

(r n) Douxieme partie de la diſtance du point de vue accidentel de la diagonale (d c),

(m) Point de vue accidentel de la diagonale (a e).

Ces points de vue accidentels des diagonales ſerviront à tracer les coupes des angles, des corniches, des bases, chapitaux &c.

(r o) Quart de la distance du point de vue accidentel des côtés du temple.

(r l) Quart de la distance du point de vue accidentel de la façade du temple.

(g u) Hauteur apparante de la colonne (a),

Vue perspective du temple en masse.

Ayant déterminé la hauteur des points de vue accidentels, tirez-y une ligne horisontale : sur cette ligne marquez les points (*P G T*), représentans le centre des colonnes & pilastres des trois angles apparens du temple ; tirez de ces points des perpendiculaires indeterminées, & sur celle (*G*) fixez à volonté la hauteur du sol du temple, par exemple, au point (*z*) de ce point marquez la hauteur de la colonne au point (*ζ*) égale à (g u) pris sur le tableau : marquez ensuite la hauteur de l'entablement, celle de la corniche, frise & architrâve dans le rapport des desseins géométraux par rapport à la hauteur de la colonne, marquez aussi sur cette ligne la hauteur du fronton & de sa corniche ; au dessous de la colonne indiquez la hauteur du stilobate ou pied-destal sur lequel porte le temple, ainsi que la hauteur de sa corniche & de sa base, le tout dans les rapports géométraux comme il vient d'être dit.

Portez toutes ces différentes hauteurs sur les lignes verticales (*P*) & (*G*), & seulement celle du pied-destal sur les lignes (*s*) & (*n*); on sent facilement que le point (*n*) a été trouvé par l'intersection des lignes (*s n*) & (*o n*).

Sur la ligne (*G*) & du point de vue accidentel de la façade, dessinez les profils & mettez-en les saillies par rapport à la saillie (*x*) prise sur le plan, dans le même rapport que le géométral ; ce qui sera facile en tirant sur l'entablement géométral & sur celui de la ligne (*G*) des diagonales de (*ζ*) en (*x*), & observant sur le géométral à quelle hauteur cette diagonale est coupée par les lignes perpendiculaires des saillies : comme il a eté déjà dit dans l'explication de la troisieme planche.

Du point de vue accidentel de la diagonale (a e) tirez des lignes indéterminées sur la ligne (G) des points marquant la corniche, frise & architrave de l'entablement, ces lignes en détermineront l'angle, ainsi qu'il a été expliqué dans deux figures précédentes; sur les lignes (s) & n vous tirerez de pareilles lignes qui marqueront l'angle de la corniche & de la base du pied-destal.

Du point de vue accidentel de la diagonale (d c, vous tirerez aussi des lignes indéterminées sur les lignes perpendiculaires (P) & (T) qui marqueront les deux autres angles de l'entablement, & d'autres pour les angles de la corniche & de la base du pied-destal sur les lignes (P), (s) & (n).

Les points du profil de l'entablement (z x), vous tirerez des lignes au point accidentel du côté (P G) jusqu'a ce qu'elles coupent les lignes des angles (P) & (G), & du point accidentel du côté (G) en commençant des points où les lignes de l'angle (G) auront été coupées, vous en tirerez d'autres jusqu'a ce qu'elles coupent les lignes de l'angle (T): d'après le même principe, vous tirerez ces lignes de la corniche & de la base du pied-destal.

Pour diviser les colonnes de ce temple, vous vous rappellerez les regles générales données dans l'explication de la deuxieme figure de la planche deux; ainsi pour diviser les colonnes de la façade, marquez sur la ligne (G) les points *hlf* divisées dans le rapport des colonnes du plan; c'est-à-dire l'entre-colonnement du milieu plus écarté: de ces points tirez aux points de vue accidentel des lignes indéterminées, ensuite la diagonale (z k) qui les coupera aux points (v) & (v), & ces points seront le centre des colonnes.

Pour les colonnes du côté du temple, marquant toujours les divisions sur la ligne (G), prenez (z) pour le centre de la premiere colonne, (h) pour le centre de la seconde, (j) pour le centre du pilastre & (u) pour le centre de celui du fond: tirez la diagonale (z b), & les points (e r) marqueront les divisions que vous cherchez.

Pour le fronton, prenez le milieu de la façade & tirez-y une ligne perpendiculaire, portez sur cette ligne la hauteur du fronton & de sa corniche qui est marquée sur la ligne (G); du point de vue accidentel des côtés du temple, tirez des lignes indéterminées sur la ligne milieu de la façade, tant à la corniche du fronton qu'à celle de l'entablement, des points où ces lignes couperont les lignes du dessus & du dessous de la saillie de la corniche de l'entablement, vous éleverez des perpendiculaires qui vous donneront la saillie de la corniche du fronton, & vous tirerez les lignes (*i c*) & (*c d*).

Pour trouver les points accidentels du fronton, on considerera que les lignes qui le forment sont paralleles en plan à celle de la façade, & que conséquemment ces points doivent être à la même distance que celui de cette façade, mais seulement plus haut pour le côté (*i c*) & plus bas pour celui (*c d*) ainsi pour les trouver, abaissez & élevez au point accidentel de la façade une perpendiculaire indéterminée & prolongez les lignes (*i c*) & (*c d*) jusqu'à ce qu'elles coupent cette ligne perpendiculaire : les points où elle sera coupée seront les deux points de vue accidentels du fronton.

PLANCHE SIXIEME.

Au bas de cette planche est la vue en perspective du temple laquelle est en masse sur la planche précédente.

(A B c d) Sont des détails trois fois plus grands de différentes parties de ce temple ; savoir :

(A) Détail de l'angle (a).

(B) Détail de l'angle (b).

(c) Détail du chapiteau de la colonne de l'angle (a).

(d) Détail de la base de la même colonne.

Pour mettre les bases & chapiteaux en perspective, marquez sur le centre de la colonne les différentes hauteurs des moulures, établiſez-en le profil & la ſaillie par rapport à la ſaillie principale : les lignes diagonales donneront les ſaillies du tailloir & de la plinthe. Des points de vue accidentels, tirez les lignes néceſſaires pour trouver les points par ou doit paſſer la courbe qui repréſente le nud du fuſt de la colonne, ſur ces points élevez des perpendiculaires, des mêmes points accidentels, tracez ſur ces lignes perpendiculaires les profils dont les hauteurs ſont ſur le centre de la colonne, pour en avoir les ſaillies, tracez par le même principe les points néceſſaires pour former une ſeconde courbe au nud de la plus forte ſaillie, & ces points ſur leſquels vous éleverez des perpendiculaires, donneront la ſaillie de chacun des profils ſur leſquels vous ferez paſſer des courbes qui formeront les moulures.

Au haut de cette planche eſt le deſſein d'une regle avec laquelle on peut tracer des rayons dont le point de réunion peut être conſidérablement éloigné, ce qui peut être utile pour deſſiner la perſpective lorſqu'on a des points accidentels très-éloignés du tableau.

Cette regle eſt compoſée d'un angle (*a b c*) qui s'ouvre & ſe ferme à volonté & ſe meut ſur deux pointes fixées dans la table ſur laquelle on deſſine : & d'un té (*i l m*) qui ſe poſe ſur l'angle.

(*i l*) Sont des ouvertures dans les quelles entre les chevilles (*g h*) fixées ſur l'angle.

(*m*) Eſt une ouverture dans laquelle entre l'eſſieu de l'angle placé en (*d*), cet eſſieu eſt terminé par l'écrou (*p*).

(*o*) Eſt un piton fixé ſur le té dans lequel tourne la vis (*s*) ſans pouvoir ſe mouvoir en longueur, cette vis ſe viſe dans l'écrou (*p*) & fait ouvrir ou fermer l'angle (*a b c*).

(*n*) Eſt une regle fixée deſſous le té, & de l'épaiſſeur de l'angle.

En faiſant mouvoir cette regle ainſi montée ſur les deux points fixes (*e f*), il eſt ſenſible qu'elle ſervira à tracer des rayons dont le point de réunion s'éloignera à meſure que l'angle ſera plus ouvert.

Il ſeroit néceſſaire d'avoir deux de ces regles, une à droite &

une à gauche, où bien n'en ayant qu'une, il fraudroit la demonter chaque fois qu'on la changeroit de côté.

Pour ajuster cette regle de manière que l'on puisse tracer des lignes tendant à un point de vue accidentel dont la distance seroit donné ; on posera les deux points fix (*e f*) également distant & à angle droit avec la ligne horisontale que l'on aura tirée à la hauteur des points de vue accidentels ; mais éloignés plus ou moins du dessein à volonté.

On prendra une partie quelconque de la distance du point de vue accidentel, par exemple une dixieme à partir de la ligne milieu du tableau, on y élévera une perpendiculaire, on mettra sur la ligne milieu, à partir de la hauteur des points de vue accidentels dix parties égales d'une grandeur quelconque & neuf de ces mêmes parties sur la perpendiculaire que l'on vient de tracer ; & l'on tirera une ligne de l'extrémité de la dixieme partie à l'extrémité de la neuvieme ; il est sensible que si cette ligne étoit prolongée elle iroit au point de vue accidentel dont la distance est donnée ; ensuite on ouvrira ou fermera l'angle de la regle par le moyen de la vis jusqu'à ce qu'elle s'ajuste à la ligne que l'on vient de tirer, & lorsqu'elle y sera ajustée, toutes les lignes qu'elle servira à tracer seront dans la même direction que si on les traçois du point de vue accidentel.

FIN.

De l'imprimerie de MOMORO, rue de Touraine. F. S. G, N°. 5.

Pl. I.

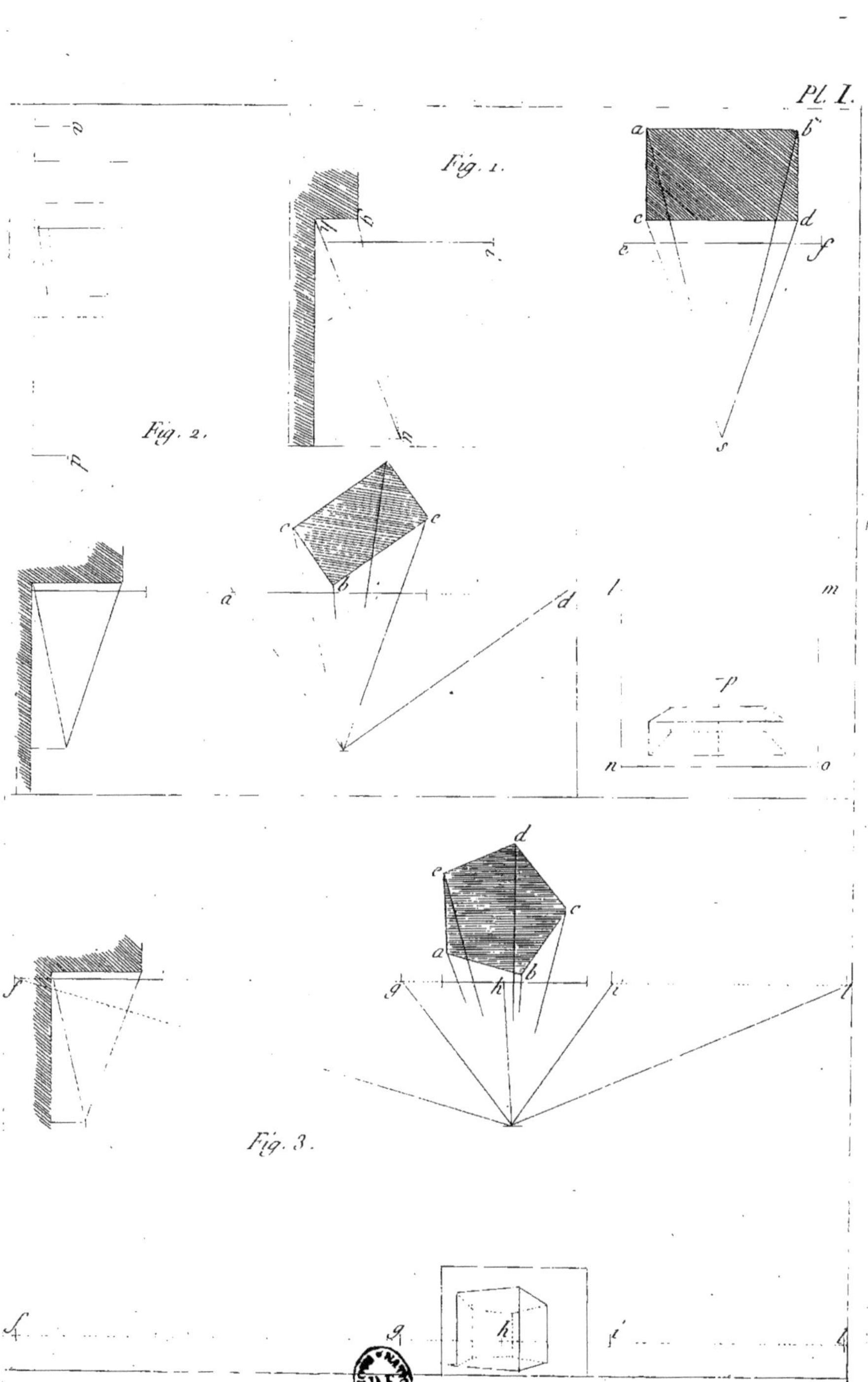

Lahure

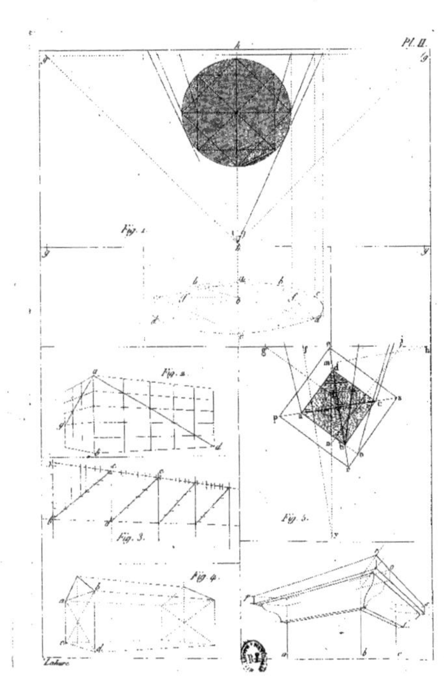
Pl. II.
Fig. 1
Fig. 2
Fig. 3
Fig. 4
Fig. 5
Lohuec

Pl. III.

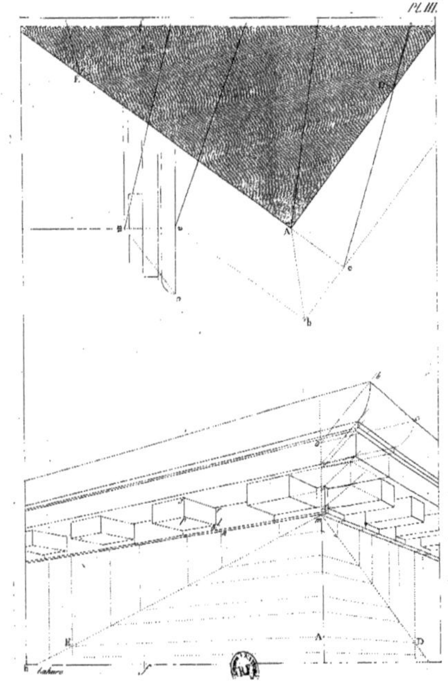

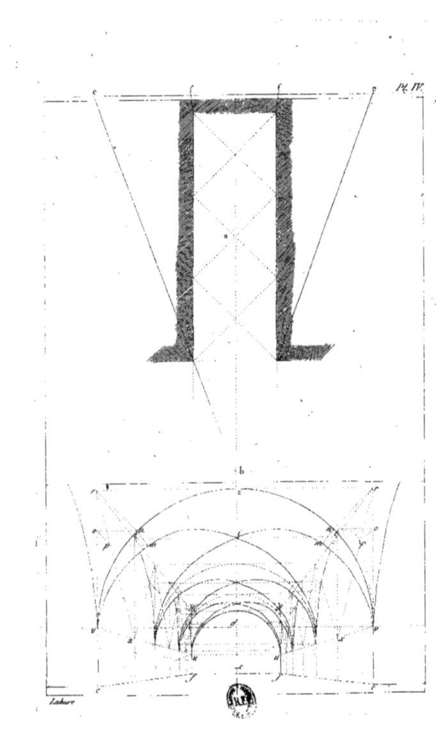

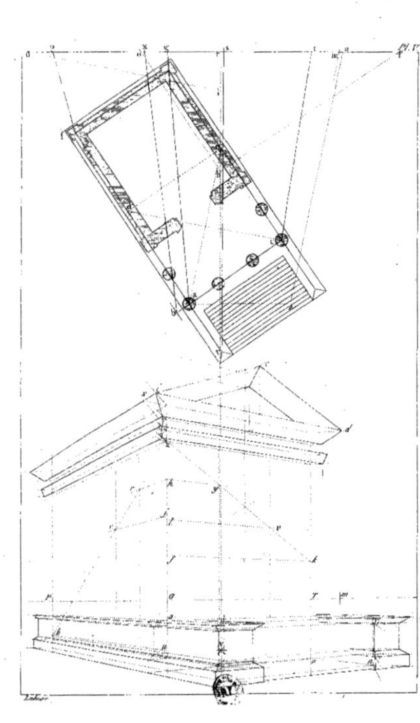
Pl. V

Pl. VI.

www.ingramcontent.com/pod-product-compliance
Ingram Content Group UK Ltd.
Pitfield, Milton Keynes, MK11 3LW, UK
UKHW020531230726
13925UKWH00005B/2271

9 782014 094701